AF359404

DISCOURS

PRONONCÉS DANS LA SÉANCE PUBLIQUE

TENUE

PAR L'ACADÉMIE FRANÇAISE,

POUR LA RÉCEPTION

DE M. SAINTE-BEUVE,

LE 27 FÉVRIER 1845.

PARIS,

TYPOGRAPHIE DE FIRMIN DIDOT FRÈRES,

IMPRIMEURS DE L'INSTITUT, RUE JACOB, 56.

—

1845.

ACADÉMIE FRANÇAISE.

M. Sainte-Beuve, ayant été élu par l'Académie française à la place vacante par la mort de M. Casimir Delavigne, y est venu prendre séance le 27 février 1845, et a prononcé le discours qui suit :

Messieurs,

C'est un grand moment dans la vie de tout homme de lettres que celui où il entre à l'Académie : c'en est un surtout bien imposant et tout à fait décisif pour l'écrivain dont les débuts étaient loin de se diriger vers un prix si glorieux, et pouvaient même sembler s'en détourner quelquefois ; qui eût considéré, il y a peu de temps encore, ce but solennel comme peu accessible, et qui a eu besoin, pour y

aspirer sérieusement, de l'indulgence de tous et de l'encou-
rageante bienveillance de quelques-uns. Ces amitiés, Messieurs, s'il m'est permis désormais de leur donner ce nom,
ces amitiés précieuses et illustres, en voulant bien me tendre
la main du milieu de vous, m'ont enhardi et comme porté;
elles m'ont rendu presque facile un succès que d'autres plus
dignes ont attendu plus longtemps : il se mêle malgré moi
aujourd'hui un reste d'étonnement et de surprise jusque
dans la reconnaissance. Je saurai m'y accoutumer, jouir,
comme je le dois, des honorables douceurs de cette distinc-
tion par vous accordée à l'écrivain. Et que le public surtout,
le grand juge permanent, n'ait à s'en apercevoir dans la
suite qu'au redoublement de mes efforts, à leur application
de plus en plus marquée vers les sujets élevés et sérieux,
qui sont faits pour remplir la seconde moitié de la vie.

C'est marcher tout d'abord dans cette voie, Messieurs,
que de venir retracer devant vous un caractère et un talent
comme celui de Casimir Delavigne : il a eu dès le premier
jour la célébrité, il a obtenu la gloire, et il n'a pas cessé un
seul instant depuis d'y joindre l'estime. Homme de lettres
accompli et qui n'a été que cela, poëte à la fois populaire
et modéré, d'une pureté inaltérable, habile et fidèle dispen-
sateur d'un beau talent, bon ménager d'un grand renom, il
eût offert en tout temps une existence littéraire bien distin-
guée et bien rare : elle le devient encore plus, à la considérer
aujourd'hui.

Une qualité générale frappe au premier coup d'œil, en
parcourant l'ensemble de cette vie bien courte et pourtant
si remplie; quand je dis que cette qualité *frappe*, j'ai tort,
il serait plus juste de dire qu'elle repose et satisfait : sa des-

tinée a tout à fait l'*harmonie ;* et je n'en veux pour preuve
que le sentiment universel qu'elle inspire, cette sorte d'admi-
ration affectueuse et douce dont il est l'objet. Casimir
Delavigne, poëte, sut être toujours à l'unisson, au niveau
du sentiment public ; il partagea les goûts, les émotions, les
enthousiasmes du grand nombre en ce qu'il y eut d'honnête,
de légitime, de généreux ; il en fut l'organe clair, ingénieux,
élégant, sensible. Qu'il chante ouvertement ou sous voile
d'allusion les douleurs et les oppressions de la patrie, qu'il
se reporte aux calamités, aux espérances ou aux plaintes de
l'Italie et de la Grèce, qu'il raille au théâtre certains préju-
gés, qu'il flétrisse certaines tyrannies, il est toujours aisément
d'accord avec ce que sont tentées de penser et de sentir sur
ces sujets la plupart des natures droites et saines, des jeunes
âmes écloses du milieu de notre société et formées par notre
éducation libérale. Il exprime ses pensées, ses émotions, qui
sont volontiers les leurs, du mieux qu'elles-mêmes le pour-
raient désirer, et avec les couleurs qu'il leur plairait le plus
de choisir. C'est ainsi qu'en un temps où d'autres talents
élevés poursuivaient et atteignaient, ou manquaient la gloire,
en d'autres régions plus orageuses de la sphère et sur d'autres confins, lui, il suivait sa belle et large voie, populaire
d'une popularité légitime, heureux d'un bonheur possible :
en un mot, il réalisait dans toute sa vie une sorte d'idéal
tempéré et continu, sans aucune tache.

Même, dans cette seconde moitié de sa carrière où il eut
affaire à un milieu de société décidément modifié, à certains
goûts littéraires que nous connaissons très-bien, moins
réguliers, moins simples ou moins traditionnels, et, comme

on dit, plus exigeants, là encore, il sut trouver je ne sais quel point agréable ou tolérable dans le mélange : il étendit ses ressources sans trop sortir de ses données habituelles ; il put paraître quelquefois sur la défensive, il réussit toujours à garder ses avantages, il ne fut jamais vaincu.

Casimir Delavigne, né au Havre en 93, d'une honorable famille de la classe moyenne, vint faire ses études à Paris, au lycée Napoléon. Il était précédé de deux années par son frère Germain dont le nom n'est pas séparable du sien, et par cet autre ami, non moins inséparable, j'allais dire par cet autre frère, M. Scribe. Il était sur les bancs et disputait les premières places avec un autre de ses futurs confrères, alors brillant de promesses, M. de Salvandy. Il faut dire pourtant que ce ne fut que dans les hautes classes que le talent du jeune Casimir se révéla : jusqu'à l'âge de quatorze ans, son intelligence elle-même paraissait sommeiller. Ce fut par la poésie qu'elle se fit jour. Un matin qu'on avait donné quelque version de Perse ou d'Anacréon, le jeune écolier trouva plus facile de traduire en vers français. Les vers furent de tout temps plus à son usage que la prose. Un de ses oncles était lié avec Andrieux et lui montra ces premiers vers de Casimir : «Qu'il laisse les vers, répondit Andrieux, c'est un vilain métier : qu'il fasse son droit et devienne un bon avocat! » Mais lorsqu'on lui eut porté, quelque temps après, le *Dithyrambe sur la Naissance du Roi de Rome :* «Allons, dit-il, amenez-le-moi ; aussi bien on voudrait l'empêcher, qu'il ne ferait jamais autre chose que des vers. » Et le jeune Casimir lui ayant été présenté, il le reçut comme un fils, lui donna des conseils particuliers, lui fit suivre son cours, le lia avec

son autre lui-même Picard, et insensiblement, bien peu
d'années après, Casimir Delavigne, encore très-jeune, était
devenu à son tour le conseiller de ses premiers maîtres, surtout de Picard qui lui lisait ses comédies : naïve et touchante
réciprocité !

Les choses littéraires, Messieurs, ne se passent pas toujours
ainsi, par une filiation si directe, si pieuse, si ininterrompue.
Les générations ne se succèdent pas toujours comme il arrive
dans une famille aimante et bien réglée. Un moment vient où
le jeune homme, qui jusqu'alors avait paru suivre la leçon
des devanciers et des maîtres, se croit sûr de lui. Un éclair
l'éblouit, un rayon l'illumine, qu'importe ? il se lève, s'éman-
cipe brusquement et se retourne souvent contre les plus
proches : de là bien des discordes, des égarements sans
doute, peut-être aussi quelques nouveautés conquises et
ajoutées à grand'peine à l'héritage des anciens. Car toutes
ces discordes domestiques et ces guerres civiles littéraires
n'empêchent pas, Messieurs, et tout devant moi le prouve,
que les vrais lettrés, j'entends par là ceux qui aiment les lettres pour elles-mêmes, ne soient, toute rébellion cessante,
d'une même cité, d'une même famille, et que le bien acquis
et par les pères et par les neveux ne compose finalement le
trésor de tous.

Casimir Delavigne a cela de particulier, entre les gloires
poétiques de son âge avec lesquelles on l'a souvent comparé,
qu'il reçut docilement la tradition des maîtres d'alors, et
qu'il n'eut jamais l'idée ni la velléité de s'y soustraire : il
pressentait toutes les ressources que son talent en pouvait
tirer, et qu'il en serait le rejeton le plus fertile, le plus brillant. Modeste et parfois timide d'apparence, on aurait tort

pourtant de croire qu'il manquât de fermeté. Il y a plus de force qu'il ne semble dans cette tenue constante de caractère, de méthode et d'école, au milieu d'une époque si diversement agitée. S'il céda quelquefois sur des points de détail, quand il le crut nécessaire et raisonnable, il ne se laissa jamais tenter ni entraîner aux séductions croissantes, ni aux souffles impétueux. De quelque côté qu'on se place pour le juger, je le répète, il y a de la force dans cette réserve.

Je ne puis qu'effleurer (et j'en ai regret) les circonstances intéressantes de sa vie à ses débuts. Il eut d'abord une modique place dans l'administration de ce bienveillant et universel patron, Français de Nantes, qui, l'ayant aperçu un jour dans ses bureaux, lui demanda : «Que venez-vous faire ici ?» Lorsqu'il commença ses *Messéniennes* vers 1816, il était plus sérieusement employé dans un travail pour la liquidation des dettes étrangères sous M. Mounier. Il composait en même temps son *Épître à Messieurs de l'Académie française* sur l'étude, pour ce brillant concours de 1817 d'où sortirent tant de jeunes noms. Il résultait parfois de ce partage d'occupations quelques erreurs de chiffres dans sa tâche habituelle : on cite tel cheval dont le chiffre fut porté, par mégarde, à la colonne des 10,000, au lieu de celle des 1,000. M. Mounier, avec une douce gronderie, telle qu'on la peut supposer de sa part, ne put s'empêcher de le lui faire remarquer : « Voyez-donc, comment cela se fait-il ? » — «Comment ? répondit le poëte étonné : que vous dirai-je, Monsieur ? il fallait que ce fût un bien beau cheval !» La France, qui faillit payer ce cheval un peu trop cher, allait retrouver son compte aux *Messéniennes*.

Elles coururent d'abord manuscrites, puis parurent en

public avec un succès prodigieux. Toutes les âmes jeunes, vives, nationales, naturellement françaises, y trouvèrent l'expression éloquente et harmonieuse de leurs douleurs, de leurs regrets, de leurs vœux ; tout y est honnête, avouable, et respire la fleur des bons sentiments : Casimir Delavigne s'y montra tout d'abord l'organe de ces opinions mixtes, sensées, aisément communicables, et si bien baptisées par un grand écrivain, le mieux fait pour les comprendre et les décorer, par M. de Chateaubriand, de ce nom de *libérales* qui leur est resté. On n'en trouverait aucun représentant plus irrépréhensible et plus pur, en ces jeunes années d'essai, que Casimir Delavigne : en sincérité, en éclat, en expression loyale et populaire, il rappelle un autre cher souvenir, un autre nom sans reproche aussi, et qu'il a chanté : Casimir Delavigne et le général Foy !

Louis XVIII lui-même put lire les premières *Messéniennes*, et y applaudir dans sa mesure. Un de ses ministres d'alors, un de vos illustres confrères d'aujourd'hui, eut l'une des premières copies, et la porta au château. Après le travail, la conversation fut aisément amenée sur le chapitre des vers, que Louis XVIII aimait, comme on sait, et dont il se piquait fort. Lecture de la première *Messénienne* fut faite ; et, de l'impression favorable du Roi, aussi bien que de l'officieuse insinuation du ministre, il s'ensuivit que Casimir Delavigne était le lendemain bibliothécaire de la Chancellerie, —où il n'y avait pas encore de bibliothèque.

La vogue des *Messéniennes* devait porter naturellement le jeune auteur vers d'autres applaudissements : Casimir Delavigne y avait de tout temps songé. On le conçoit, le théâtre, c'est l'arène de tous les cœurs amoureux de la grande gloire littéraire, de tous ceux qui briguent hautement la palme et qui croient à la rémunération publique du talent. Un beau talent lyrique, si élevé qu'il soit, et souvent à cause de cette élévation même, devient difficilement populaire. Chez les anciens, chez les Grecs du moins, l'ode, c'était le théâtre encore : elle avait devant elle la Grèce assemblée et les Jeux Olympiques. De spirituels modernes, grands lyriques à leur manière, ont trouvé moyen de surprendre, de ressaisir le même succès par la chanson. Casimir Delavigne venait de ravir le sien par ses *Messéniennes*. Mais c'est au théâtre principalement, c'est là, comme à leur rendez-vous naturel et à leur champ de bataille décisif, que visent les plus nobles ambitions poétiques.

Aussi, malgré son prélude de la veille, on peut dire de Casimir Delavigne, qu'il entra à la première représentation de ses *Vêpres Siciliennes* incertain, pauvre, à peu près inconnu, et qu'il en sortit maître de sa destinée. Vous n'attendez pas, Messieurs, que j'aille m'ériger ici en juge, discuter des genres, réveiller ou trancher de vieux débats. Je vois devant moi les hommes qui, à des degrés divers, ont donné à la scène française son éclat et ses nuances de nouveauté depuis plus de vingt ans; ce n'est pas devant ces juges du camp, qui ont pratiqué l'arène, ce n'est pas devant le grand poëte qui me fait l'honneur de me recevoir en ce moment au nom de l'Académie, glorieux champion dans bien des genres, et lui-même l'un des maîtres du combat, que je viendrais étaler et mettre aux prises des théories contradictoirement discutables, tour à tour spécieuses, mais qui n'ont jamais de meilleure solution ni de plus triomphante clôture que ce vieux mot d'un vainqueur parlant à la foule assemblée : *Allons de*

ce pas au Capitole remercier les dieux! — Allons applau-
dir le Cid pour la centième fois! — Casimir Delavigne aurait
pu, pendant des années, se borner à cette réponse envers
ceux qui auraient cherché querelle à ses premières œuvres
dramatiques. Il dut à un ensemble de qualités, d'inspirations
heureuses et de ressorts ingénieux, et à l'habile ménagement
qu'il en sut faire, d'enlever son public et de le retenir longtemps. A relire plus froidement aujourd'hui cette première
moitié de son théâtre, on pourrait remarquer que, s'il se
montre évidemment de la postérité de Racine par les soins
achevés du style, il tiendrait plutôt de l'école dramatique de
Voltaire par certaines préoccupations philosophiques et certaines allusions aux circonstances. Mais ce jugement même
serait trop incomplet. Que du milieu de la moisson si riche
de ses premiers triomphes, de cette ferveur généreuse des
Vêpres Siciliennes, de cette exquise versification des *Comé-*
diens, il me soit permis de choisir, et d'exprimer ma prédi-
lection toute particulière pour des portions du *Paria :* le
jeune auteur y trouvait dans l'expression de l'amour des accents passionnés et vrais ; dans ses chœurs, surtout quand il
exhale les tristesses et les langueurs de sa Néala, il arrivait
au charme et nous rendait mieux qu'un écho de la mélodie
d'*Esther.* L'hymne des brames au soleil, et leur cantique du
Jugement dernier, en faisant ressouvenir des trois premiers
chœurs d'*Athalie,* ne pâlissaient pas auprès, mais semblaient
s'être éclairés à cette magnificence.

De la pièce si agréable des *Comédiens,* je veux pourtant
relever ce personnage de Victor, type du jeune auteur dramatique tel que le rêvait le poëte, et à la faveur duquel il a
exprimé, sur le but moral de l'art, sur le rôle du talent dans

la retraite, quelques conseils et préceptes d'une justesse ap-
propriée, dont il est demeuré observateur fidèle :

Aimons les nouveautés en novateurs prudents...

Que le littérateur se tienne dans sa sphère......

Crains les salons bruyants, c'est l'écueil à ton âge;
Nous avons trop d'auteurs qui n'ont fait qu'un ouvrage...

Et d'autres pareils. Casimir Delavigne resta toujours, à bien
des égards, et sauf une certaine fougue qu'il lui prête, le
Victor de ses *Comédiens*, adouci et non amolli par le
succès.

L'École des Vieillards fut un grand moment dans les fastes dramatiques d'alors. L'opinion de quelques bons juges est
que nulle part peut-être Casimir Delavigne n'a si bien ren-
contré pour l'entrain natif de son talent et pour le courant
direct de sa veine. L'intérêt dramatique qui animait l'œuvre
au gré de la foule, vient assez confirmer ce jugement. Sur ce
thème, qui semble usé, du mariage, le poëte avait su trouver
un comique nouveau, un pathétique sérieux et nullement
bourgeois, une morale pure et non vulgaire. Les caractères
se dessinent et contrastent, ils concourent tous par un jeu
naturel à l'action. Le personnage de madame Sinclair, de
cette mère vaine et légère qui entraîne et compromet sa fille
sans le vouloir, sans y songer, n'est pas le moins piquant de
vérité. Une diction irréprochable et ornée, dont chaque point
soutient ou égaye l'attention, vient servir et compléter cet
heureux ensemble. Talma, après avoir entendu la pièce au
Comité, y voulut aussitôt un rôle. Quand les deux grands
acteurs, interprètes incomparables de la pensée du poëte,

s'unissaient pour la faire valoir, l'émotion allait au comble. On me pardonnera un détail de statistique, la statistique ici est parlante : les soixante-six premières représentations de *l'École des Vieillards* égalèrent ou surpassèrent même de quelque chose en recette les soixante-six premières du *Mariage de Figaro*. Le chiffre le plus approchant, dans les modernes succès, est celui de *Sylla*.

Casimir Delavigne avait trente ans : il était arrivé à la maturité de la jeunesse, à la possession de la célébrité la plus flatteuse et la plus pure ; les générations de son âge et celles qui s'étaient élevées depuis, ou qui grandissaient, l'avaient pour première idole. Toutes les opinions s'inclinaient devant son talent ; il échangeait vers ce temps avec le plus célèbre poëte de l'autre parti (il y avait encore des partis en ce temps-là), avec M. de Lamartine, des félicitations poétiques, pleines de bon goût, de bonne grâce, et dignes de tous deux. Un Prince, qui savait demander à la cause publique les sujets de ses propres choix, le dédommageait par son intérêt, j'allais oser dire, par son amitié, d'une destitution odieuse. Vous-mêmes enfin, Messieurs, Académie française, vous alliez l'accueillir en votre sein. Le poëte eut là de pleines et belles années. Si quelque chose pouvait ajouter à leur éclat, c'était la manière dont il le portait : aimable, naïf, rougissant, on aurait cru voir une jeune fille plutôt qu'un des héros de la popularité. Le monde, qui eût été empressé de l'attirer, ne le tentait pas : on peut dire de lui, selon une expression heureuse, que le monde ne l'a pas vu et ne l'a pas connu, il ne l'a qu'entendu. Casimir Delavigne semblait comprendre de loin que ce monde si aimable, si flatteur et tout à fait engageant, s'il aguerrit l'homme, intimide parfois le

2.

talent. Lui , il avait choisi de vivre en famille. Pur homme de
lettres, sérieusement occupé de la conception de ses ouvrages,
les méditant longuement à l'avance , les composant et les re-
tenant même (circonstance singulière!) presque tout entiers
de mémoire avant de les écrire , il avait besoin de temps, de
recueillement. Son organisation délicate, et même frêle , n'a-
vait pas trop de tout son souffle pour des compositions d'aussi
longue haleine. La famille comprenait tout cela, on lui ména-
geait des loisirs , on faisait silence autour de lui ; il pouvait
être rêveur et distrait à ses moments. Un frère, un aîné,
homme d'esprit et de talent, s'oubliait avec bonheur en ce
frère préféré qui devenait le chef des siens. D'excellents amis,
juges avisés, suivaient en détail, assistaient de leurs conseils
les œuvres naissantes qui faisaient leur orgueil. En tout,
c'était là, je ne dirai pas un spectacle touchant (il n'y
avait pas spectacle), mais une touchante manière de jouir de
sa gloire et de la mériter d'autant mieux, en s'y dérobant.

En ces heureuses années, Casimir Delavigne fit le voyage
d'Italie ; il s'y reposa des longs travaux par des inspirations
qui tiennent davantage à la fantaisie ou à l'impression person-
nelle ; la plupart des ballades qui datent d'alors ne paraissent
qu'aujourd'hui pour la première fois. On y peut remarquer
une sorte de transition à sa seconde manière ; il cherche à
s'y rapprocher de plus près de la nature, à prendre son point
de départ dans la réalité : ainsi, dans *le Miracle,* il s'inspira
de la vue d'un enfant mort, qu'il avait vu entouré de cierges
et paré de ses beaux habits, au moment où un jeune frère,
dans sa naïve ignorance, s'approchait du mort en lui offrant
un jouet. Il avait été très-touché de cette vue, aimant extrê-
mement les enfants, comme cela est ordinaire aux poëtes et

aux âmes pures. Mais, même en ces ballades, remarquons-le
bien, il transforme la réalité et l'enveloppe successivement en
une suite de petits drames ; il y a chez lui de la composition,
de l'arrangement toujours ; il idéalise, il construit, il revêt sa
pensée première avec lenteur, grâce, circonlocution et harmonie. Même en ses moindres cadres, il a besoin d'espace et
il s'en procure. S'il n'est ni si impétueux ni si entraîné qu'on
voudrait d'abord, laissez-le faire, laissez-le rêver à loisir,
seul, ne l'interrompez ni ne l'excitez : il arrive aussi à ses
effets, à ses nobles et douces fins. On se rappelle *l'Ame du
Purgatoire ; les Limbes*, le second chant de ce petit poëme
du *Miracle,* sont admirables de ton.

Nous ne craignons pas ici de soulever avec respect un
voile pieux qui est désormais celui du deuil : le voyage d'Italie
réalisa tout son rêve, il y vit tout ce qu'il attendait du passé,
il trouva plus, son cœur rencontra celle qui lui était destinée, et son avenir s'enchaîna. Lui-même a consacré les pré-
mices de son bonheur domestique dans les seuls vers peut-
être où il se soit permis ce genre d'épanchement :

> Il n'est point de beaux lieux que n'embellisse encore
> Le sentiment profond qu'on éprouva près d'eux...

De tels vers et ceux qui suivent, et que je regrette de ne pouvoir citer avec étendue, ont tout leur prix chez le poëte qui
n'a laissé échapper de son âme discrète que de pudiques par-
fums.

Lorsque Casimir Delavigne revit la France à son retour
d'Italie, et dans le temps où il méditait son *Marino Faliero,*
les choses littéraires, il ne put se le dissimuler, avaient légère-

ment changé de face. L'accueil incertain fait à sa *Princesse Aurélie,* à cette comédie demi-capricieuse et demi-satirique que des gens d'esprit ne croient pas encore jugée, parut, quoi qu'il en soit, un premier symptôme. Jusque-là il avait eu, moyennant ses consciencieux efforts, un succès plein, facile, succès du jour et du lendemain, un applaudissement sans réserve ; il avait gagné à chaque pas, il s'était étendu et avait donné de lui-même de variés et croissants témoignages. A partir de 1828, un temps d'arrêt se présente : il se trouve en face de générations plus inquiètes, plus enhardies, qui se mettent à contester et qui réclament dans les conceptions dramatiques, et même dans le style, certaines conditions nouvelles, plus historiques, plus naturelles, que sais-je ? (car je ne nierai pas qu'il n'y eût quelque confusion en plus d'une demande), enfin des conditions un peu différentes de celles qui, la veille encore, suffisaient. Casimir Delavigne vit le danger pour lui et y para. Si, dans cette seconde phase de son talent, il lui fallut défendre pied à pied sa position acquise, transiger même par instants, on doit convenir qu'il le fit avec bien de l'habileté et de l'à-propos. Je ne sais si sa domination à la longue ne s'en affaiblit pas quelque peu au centre, il ne perdit rien du moins sur ses frontières. *Marino Faliero, Louis XI,* surtout *les Enfants d'Édouard,* un des plus grands succès dramatiques de ces onze dernières années, ne sauraient être considérés que comme des victoires ; les généraux habiles savent en remporter même dans les retraites.

Nous autres critiques qui, à défaut d'ouvrages, nous faisons souvent des questions (car c'est notre devoir comme aussi notre plaisir), nous nous demandons, ou, pour parler

plus simplement, Messieurs, je me suis demandé quelquefois : Que serait-il arrivé si un poëte dramatique éminent, de
cette école que vous m'accorderez la permission de ne pas
définir, mais que j'appellerai franchement l'*école classique*,
si, au moment du plus grand assaut contraire et jusqu'au
plus fort d'un entraînement qu'on jugera comme on le vou-
dra, mais qui certainement a eu lieu, si, dis-je, ce poëte
dramatique, en possession jusque-là de la faveur publique,
avait résisté plutôt que cédé, s'il n'en avait tiré occasion et
motif que pour remonter davantage à ses sources, à lui, et
redoubler de netteté dans la couleur, de simplicité dans les
moyens, d'unité dans l'action, attentif à creuser de plus en
plus, pour nous les rendre grandioses, ennoblies et dans
l'austère attitude tragique, les passions vraies de la nature
humaine; si ce poëte n'avait usé du changement d'alentour
que pour se modifier, lui, en ce sens-là, en ce sens unique,
de plus en plus classique (dans la franche acception du
mot), je me le suis demandé souvent, que serait-il arrivé?
Certes il aurait pu y avoir quelques mauvais jours à passer,
quelques luttes pénibles à soutenir contre le flot. Mais il me
semble, et ne vous semble-t-il pas également, Messieurs?
qu'après quelques années peut-être, après des orages bien
moindres sans doute que n'en eurent à supporter les vail-
lants adversaires, et durant lesquels se serait achevée cette
lente épuration idéale, telle que je la conçois, le poëte tragique perfectionné et persistant aurait retrouvé un public
reconnaissant et fidèle, un public grossi, et bien mieux
qu'un niveau paisible, je veux dire un flot remontant qui
l'aurait repris et porté plus haut. Car ç'a été le caractère ma-
nifeste du public en ses derniers retours, après tant d'é-

preuves éclatantes et contradictoires, de se montrer ouvert,
accueillant, de puiser l'émotion où il la trouve, de recon-
naître la beauté si elle se rencontre, et de subordonner en
tout les questions des genres à celle du talent.

Casimir Delavigne n'avait pas la tournure de caractère
propre à lutter ainsi contre un public qui l'avait tout d'abord
favorisé. Sa persévérance si remarquable et cette force réelle
dont j'ai parlé consistaient plutôt à suivre sa ligne en tenant
compte habilement des obstacles, et même à s'en faire au
besoin des points d'appui, des occasions de diversité. Aussi
ne croyait-il pas tant céder que concilier. Byron, Walter
Scott, Shakspeare, il ne s'inspirait d'eux tous que dans sa
mesure. Jusque dans ce système moyen si bien mis en œuvre
par lui, et qu'il faisait chaque fois applaudir, il avait conscience de sa résistance aux endroits qu'il estimait essentiels.
Pourquoi ne pas tout dire, ne pas rappeler ce que chacun
sait? bienveillant par nature, exempt de toute envie, il ne
put jamais admettre ce qu'il considérait comme des infrac-
tions extrêmes à ce point de vue primitif auquel lui-même
n'était plus que médiocrement fidèle; il croyait surtout que
l'ancienne langue, celle de Racine, par exemple, suffit; il re-
connaissait pourtant qu'on lui avait rendu service en faisant
accepter au théâtre certaines libertés de style, qu'il se fût
moins permises auparavant, et dont la trace se retrouve évi-
dente chez lui à dater de son *Louis XI.*

Et ici, Messieurs, sans embarras, sans discussion, et sa-
chant devant qui j'ai l'honneur de m'exprimer, je rendrai
toute ma pensée, ce qui est un hommage encore à l'illustre
mort, au sincère et pur écrivain que nous célébrons. Il y a
plus d'une manière de bien écrire, même de bien écrire en

vers. Une de ces bonnes, de ces excellentes, de ces enviables ou regrettables manières consiste (et la nature de notre versification semble y convier les rares élus) à revêtir sa pensée d'harmonie continuelle et d'élégance, à oser par moments, et par moments à se dérober, à préparer l'énergie, à voiler l'audace, à semer de grâces insensibles, de tours ingénieux, de figures heureuses et appropriées, un tissu net, flexible et brillant. Il y a une autre façon qui se conçoit, surtout dans le drame, mais je ne crains pas d'ajouter en toute poésie : serrer davantage à chaque instant la pensée et le sentiment, l'exprimer plus à nu, sans violer sans doute l'harmonie ni encore moins la langue, mais en y trouvant des ressources mâles, franches, brusques parfois, grandioses et sublimes si l'on peut, ou même simplement naïves et pénétrantes. Je ne veux pas tracer de cette seconde manière un trop long dessin qui pourrait paraître à quelques-uns comme un portrait de fantaisie, et où s'inscrirait pourtant plus d'un nom : elle est d'autant plus vraie d'ailleurs qu'elle n'est pas précisément une manière, un procédé général, et qu'elle se décrit moins. Quoi qu'il en soit de ces deux habitudes d'écrire, Casimir Delavigne excellait dans la première, et il en offre les plus purs et les plus constants exemples, les derniers que notre littérature puisse avec orgueil citer à la suite des modèles.

La Révolution de 1830 portait au pouvoir tous les amis de Casimir Delavigne, et elle semblait du même coup devoir porter avec elle son poëte bien-aimé, son chantre favori, celui dont elle avait redit les refrains au premier jour du triomphe. Il n'en fut rien. Casimir Delavigne resta et voulut rester homme de lettres : c'est une singularité piquante en

ce temps-ci , un trait de caractère bien digne d'être étudié.
Je conçois, Messieurs (et d'assez beaux noms autour de
moi me le disent), que le divorce entre les différentes ap-
plications de la pensée ait cessé de nos jours , qu'un noble
esprit habitué à tenter les hautes sphères, à parcourir la
région des idées en tous les sens, ne se croie pas tenu à
circonscrire son activité sur tel ou tel théâtre , qu'il ne re-
nonce pas à sa part de citoyen, à faire peser ou briller sa
parole dans les délibérations publiques, à compter dans
l'État; — je conçois, Messieurs, et même j'admire un tel
rôle; mais ce n'en est pas moins un aimable contraste que
cette modération de désirs et, si l'on veut, d'idées, chez un
homme aussi distingué, aussi désigné, et qui pouvait espérer beaucoup. En même temps on se l'explique très-bien.
Casimir Delavigne aimait avant tout son art et le renom populaire qu'il s'y était fait. Il avait gravé au fond du cœur l'an-
tique programme d'Horace : « *Quem tu, Melpomene, semel...*
« Celui, ô Melpomène, que tu as regardé d'un œil d'amour
« au berceau, celui-là, il ne sera ni lutteur aux jeux de Co-
« rinthe ni vainqueur aux courses d'Élide, ni général triom-
« phateur au Capitole; mais il aimera les belles eaux de Ti-
« bur, et il trouvera la gloire par des vers nés à l'ombre des
« bois. » Et dans le cas présent d'ailleurs, il y avait mieux,
il y avait de quoi tenter et retenir toute l'ambition d'une
âme de poëte. Casimir Delavigne comprit qu'une révolution
dramatique était imminente vers 1830; il voulut être, lui
aussi, là où il y avait péril, là où peut-être il jugeait, à son
point de vue, qu'il y avait émeute : il y fut de sa personne,
constamment, et durant huit ou dix années ses œuvres ne
furent jamais plus nombreuses, plus réitérées, plus faites

(19)

pour attester sa présence. Après *Marino*, on a *Louis XI*,
*les Enfants d'Édouard, Don Juan d'Autriche, Une Famille
au temps de Luther, la Popularité, la Fille du Cid,* six lon-
gues œuvres. L'analyse intérieure de son procédé, de sa
tactique savante en cette seconde phase, serait curieuse à
suivre de près : nous nous tenons aux simples aspects. Cette
conciliation qu'il tentait sur un terrain glissant, et qui réus-
sissait chaque fois, était chaque fois à recommencer : il se
montrait infatigable. Aussi point de distraction, point de
partage : les fonctions publiques, les devoirs ou les hon-
neurs politiques, tous les genres de soins et souvent les
amertumes qu'ils entraînent, l'eussent jeté trop loin de ses
travaux chéris ; et, afin d'être mieux en mesure contre toute
tentation, il s'arrangea, je crois, en vérité, pour ne pas
être même éligible.

Sa santé, de tout temps délicate, s'altérait déjà et se mi-
nait profondément ; il vivait plus exactement que jamais
dans la famille : les jours d'action au foyer du théâtre, et le
tous-les-jours au foyer domestique. On ne le voyait plus du
tout dans le monde, où il n'était jamais allé qu'à son corps
défendant. Comme s'il avait compté ses moindres instants,
il venait même assez peu à vos séances, Messieurs, et ne se
permettait qu'à peine de se distraire à vos libres travaux :
c'est par ce seul point peut-être de l'assiduité académique
que celui qui a l'honneur de lui succéder peut espérer de le
remplacer sans trop de désavantage.

La popularité qui lui avait souri de si bonne heure, qu'il
avait goûtée avec délices, qu'il avait certes le droit d'aimer
(car elle ne s'était jamais présentée à lui que sous la forme de

3.

l'estime publique), il la traduisit au théâtre dans une de ses dernières œuvres, qui n'a peut-être pas été assez appréciée. La comédie qu'il donna sous ce titre (*la Popularité*), et dans laquelle il revint un peu à sa manière des *Comédiens*, est pleine de vers ingénieux, élégants, bien frappés, qui, comme ceux du *Méchant*, de *la Métromanie*, se sentent assez du genre de l'épître, mais n'en sont pas moins chers, dans cette modération de goût, aux habitudes de la scène française. Une leçon d'une véritable élévation morale ressort de l'ouvrage. Lui aussi, il avait compris que la popularité n'est bonne qu'à être dépensée, risquée à un certain jour, jetée, s'il le faut, par le balcon. Il est vrai que, de tous les trésors, c'est celui dont il coûte le plus de se dessaisir, même pour les âmes généreuses. Que si on ne l'emploie pas au jour marqué, la conserve-t-on pour cela plus sûrement ? souvent elle fuit d'elle-même entre les mains, et elle échappe. La comédie de Casimir Delavigne exprime à merveille quelques-unes de ces épreuves, de ces alternatives, qu'il dut méditer souvent : sachons-lui gré d'avoir conçu, d'avoir fait applaudir, en cette œuvre presque dernière, le sacrifice de ce qui pouvait sembler son idole. Il fit précéder sa pièce, à l'impression, d'une charmante dédicace à son jeune fils, et qui rappelle pour le ton ces autres vers délicieux que chacun sait, adressés à sa campagne de *la Madeleine*.

Les vers d'adieu à cette campagne, qu'il eut le regret de vendre, étaient d'un plus lointain et plus intime pressentiment : c'était la vie même avec tout ce qu'elle a de cher et d'embelli qu'il saluait une dernière fois. « Il faudra quitter cette terre, cette maison,... ces ombrages que tu cultives, »

a dit Horace. Casimir Delavigne eut aussi son *linquenda tel-
lus*, et il le rendit en des accents bien émus :

> Cette fenêtre était la tienne,
> Hirondelle, qui vins loger
> Bien des printemps dans ma persienne
> Où je n'osais te déranger ;
> Dès que la feuille était fanée,
> Tu partais la première, et moi,
> Avant toi je pars cette année ;
> Mais reviendrai-je comme toi ?

Cette voix sensible et pénétrée, au moment où elle s'exha-
lait en de si gracieuses plaintes, était déjà consumée d'un
mal mortel ; le doux chantre était atteint dans l'organe mé-
lodieux.

Dès que le bruit du danger et, sitôt après, de la mort de
Casimir Delavigne se répandit, cette renommée établie, paisible, dont il jouissait sans contestation, se réveilla dans un
grand cri : on se demanda s'il était possible que celui dont
on se croyait si en possession, qu'on venait d'applaudir la
veille et qui florissait dans la maturité des années, fût déjà
ravi. Il semblait qu'il était devenu pour tous avec le temps
un de ces biens égaux et continus, une de ces douceurs ac-
quises et accoutumées, qu'on ne se remet à ressentir tout
d'un coup qu'en les perdant. Nous avons été témoins, nous
avons fait partie, Messieurs, du deuil public. Décrirai-je
cette journée du 19 décembre, ces funérailles immenses du
simple homme de lettres, ce cortége mené par le jeune fils
orphelin, et où se pressaient les représentants de l'État, de
la société, toute la littérature ! La population parisienne
elle-même y prit sa part : elle connaissait par son nom le

poëte, par ce nom amical et familier de *Casimir* qui disait
tout pour elle, et qui circulait autour du convoi dans un
murmure respectueux. Hommage solennel et attendrissant,
quand il est pur des intérêts de parti ou des prestiges de la
puissance, quand il s'adresse au simple particulier, et qui
atteste sincèrement alors que l'homme de talent qu'on pleure
eut en effet avec la foule, avec la majorité des autres hommes, des qualités communes affectueuses, de bons et généreux sentiments, des sympathies patriotiques et humaines!
Tous ces souvenirs émus, reconnaissants, se rassemblaient
ici une dernière fois, et montaient avec quelque chose de
plus doux que la voix même de la gloire. Mais en prolongeant,
Messieurs, je m'aperçois que je cours risque de répéter in-
volontairement ceux qui lui ont payé ce jour-là sur sa tombe
le tribut de douleur de la France, et que je rencontre surtout cette parole gravement éloquente, qui fut alors votre organe, qui l'est encore aujourd'hui, et devant laquelle il est
temps que je me taise.

RÉPONSE

DE M. VICTOR HUGO,

DIRECTEUR DE L'ACADÉMIE FRANÇAISE,

AU DISCOURS

DE M. SAINTE-BEUVE,

PRONONCÉ DANS LA SÉANCE DU 27 FÉVRIER 1845.

Vous venez de rappeler avec de dignes paroles un jour que n'oubliera aucun de ceux qui l'ont vu. Jamais regrets publics ne furent plus vrais et plus unanimes que ceux qui accompagnèrent jusqu'à sa dernière demeure le poëte éminent dont vous venez aujourd'hui occuper la place. Il faut avoir bien vécu, il faut avoir bien accompli son œuvre et bien rempli sa tâche pour être pleuré ainsi. Ce serait une chose grande et morale que de rendre à jamais présentes à tous les esprits ces graves et touchantes funérailles. Beau et consolant spectacle en effet! cette foule qui encombrait les rues, aussi nombreuse qu'un jour de fête, aussi désolée qu'un jour de calamité publique; l'affliction royale manifestée en même temps que l'attendrissement populaire; toutes les têtes nues sur le passage du poëte, malgré le ciel pluvieux, malgré la froide journée d'hiver; la douleur partout, le respect partout; le nom d'un seul homme dans toutes les bouches; le deuil d'une seule famille dans tous les cœurs!

C'est qu'il nous était cher à tous! c'est qu'il y avait dans son talent cette dignité sérieuse, c'est qu'il y avait dans ses œuvres cette empreinte de méditation sévère qui appelle la sympathie, et qui frappe de respect quiconque a une conscience, depuis l'homme du peuple jusqu'à l'homme de lettres, depuis l'ouvrier jusqu'au penseur, cet autre ouvrier! C'est que tous, nous qui étions enfants lorsque M. Delavigne était homme, nous qui étions obscurs lorsqu'il était célèbre, nous qui luttions lorsqu'on le couronnait, quelle que fût l'école, quel que fût le parti, quel que fût le drapeau, nous l'estimions et nous l'aimions! C'est que, depuis ses premiers jours jusqu'aux derniers, sentant qu'il honorait les lettres, nous avions, même en restant fidèles à d'autres idées que les siennes, applaudi du fond du cœur à tous ses pas dans sa radieuse carrière, et que nous l'avions suivi de triomphe en triomphe avec cette joie profonde qu'éprouve toute âme élevée et honnête à voir le talent monter au succès et le génie monter à la gloire!

Vous avez apprécié, Monsieur, selon la variété d'aperçus et l'excellent tour d'esprit qui vous est propre, cette riche nature, ce rare et beau talent. Permettez-moi de le glorifier à mon tour, quoiqu'il soit dangereux d'en parler après vous.

Dans M. Casimir Delavigne, il y avait deux poëtes, le poëte lyrique et le poëte dramatique. Ces deux formes du même esprit se complétaient l'une par l'autre. Dans tous ses poëmes, dans toutes ses messéniennes, il y a de petits drames; dans ses tragédies, comme chez tous les grands poëtes dramatiques, on sent à chaque instant passer le souffle lyrique. Disons-le à cette occasion, ce côté par lequel le drame est lyrique, c'est tout simplement le côté par lequel il est humain. C'est, en présence des fatalités qui viennent d'en haut, l'amour qui se plaint, la terreur qui se récrie, la haine qui blasphème, la pitié qui pleure, l'ambition qui aspire, la virilité qui lutte, la jeunesse qui rêve, la vieillesse qui se résigne; c'est le moi de chaque personnage qui parle. Or, je le répète, c'est là le côté humain du drame. Les événements sont dans la main de Dieu; les sentiments et les passions sont dans le cœur de l'homme. Dieu frappe le coup, l'homme pousse le cri. Au théâtre, c'est le cri surtout que nous voulons entendre. Cri humain et profond qui émeut une foule comme une seule âme; douloureux dans Molière quand il se fait jour à travers les rires, terrible dans Shakspeare quand il sort du milieu des catastrophes!

Nul ne saurait calculer ce que peut sur la multitude assemblée et palpitante, ce cri de l'homme qui souffre sous la destinée. Extraire une leçon utile de cette émotion poignante, c'est le devoir rigoureux du poëte. Cette première loi de la scène, M. Casimir Delavigne l'avait comprise, ou pour mieux dire il l'avait trouvée en lui-même. Nous devenons artistes ou poëtes par les choses que nous trouvons en nous. M. Delavigne était du nombre de ces hommes vrais et probes,

qui savent que leur pensée peut faire le mal ou le bien,
qui sont fiers parce qu'ils se sentent libres, et sérieux
parce qu'ils se sentent responsables. Partout, dans les
treize pièces qu'il a données au théâtre, on sent le respect
profond de son art et le sentiment profond de sa mission.
Il sait que tout lecteur commente, et que tout spectateur in-
terprète ; il sait que, lorsqu'un poëte est universel, illustre
et populaire, beaucoup d'hommes en portent au fond de leur
pensée un exemplaire qu'ils traduisent dans les conseils de leur
conscience et dans les actions de leur vie. Aussi lui, le poëte
intègre et attentif, il tire de chaque chose un enseignement
et une explication. Il donne un sens philosophique et moral
à la fantaisie, dans *la princesse Aurélie* et *le Conseiller rap-
porteur* ; à l'observation, dans *les Comédiens* ; aux récits lé-
gendaires, dans *la Fille du Cid* ; aux faits historiques, dans
les Vêpres siciliennes, dans *Louis XI*, dans *les Enfants
d'Édouard*, dans *don Juan d'Autriche*, dans *la Famille au
temps de Luther*. Dans *le Paria*, il conseille les castes ; dans
la Popularité, il conseille le peuple. Frappé de tout ce que
l'âge peut amener de disproportion et de périls dans la lutte
de l'homme avec la vie, de l'âme avec les passions, préoc-
cupé un jour du côté ridicule des choses et le lendemain de
leur côté terrible, il fit deux fois *l'École des Vieillards;* la
première fois il l'appela *l'École des Vieillards,* la seconde
fois il l'intitula *Marino Faliero*.

Je n'analyse pas ces compositions excellentes, je les cite.
À quoi bon analyser ce que tous ont lu et applaudi ? Énu-
mérer simplement ces titres glorieux, c'est rappeler à tous
les esprits de beaux ouvrages et à toutes les mémoires de
grands triomphes.

Quoique la faculté du beau et de l'idéal fût développée à
un rare degré chez M. Delavigne, l'essor de la grande ambition littéraire, en ce qu'il peut avoir parfois de téméraire et de
suprême, était arrêté en lui et comme limité par une sorte de
réserve naturelle, qu'on peut louer ou blâmer, selon qu'on
préfère dans les productions de l'esprit le goût qui circonscrit
ou le génie qui entreprend ; mais qui était une qualité aimable et gracieuse, et qui se traduisait en modestie dans son
caractère et en prudence dans ses ouvrages. Son style avait
toutes les perfections de son esprit : l'élévation, la précision,
la maturité, la dignité ; l'élégance habituelle, et, par instants, la grâce ; la clarté continue, et, par moments, l'éclat.
Sa vie était mieux que la vie d'un philosophe ; c'était la vie
d'un sage. Il avait, pour ainsi dire, tracé un cercle autour
de sa destinée, comme il en avait tracé un autour de son
inspiration. Il vivait comme il pensait, abrité. Il aimait son
champ, son jardin, sa maison, sa retraite ; le soleil d'avril
sur ses roses, le soleil d'août sur ses treilles. Il tenait sans
cesse près de son cœur, comme pour le réchauffer, sa famille,
son enfant, ses frères, quelques amis. Il avait ce goût charmant de l'obscurité qui est la soif de ceux qui sont célèbres.
Il composait dans la solitude ces poëmes qui plus tard re-
muaient la foule. Aussi tous ses ouvrages, tragédies, comédies, messéniennes, éclos dans tant de calme, couronnés de
tant de succès, conservent-ils toujours, pour qui les lit avec
attention, je ne sais quelle fraîcheur d'ombre et de silence
qui les suit même dans la lumière et dans le bruit. Apparte-
nant à tous et se réservant pour quelques-uns, il partageait
son existence entre son pays auquel il dédiait toute son intelligence, et sa famille à laquelle il donnait toute son âme.

4.

C'est ainsi qu'il a obtenu la double palme, l'une bien écla-
tante, l'autre bien douce : comme poëte, la renommée;
comme homme, le bonheur.

Cette vie pourtant, si sereine au dedans, si brillante au
dehors, ne fut ni sans épreuves, ni sans traverses. Tout jeune
encore, M. Casimir Delavigne eut à lutter par le travail
contre la gêne. Ses premières années furent rudes et sévères.
Plus tard son talent lui fit des amis, son succès lui fit un public, son caractère lui fit une autorité. Par la hauteur de son
esprit, il était, dès sa jeunesse même, au niveau des plus illustres amitiés. Deux hommes éminents, vous l'avez dit, Monsieur, le recherchèrent, et eurent la joie, qui est aujourd'hui
une gloire, de l'aider et de le servir : M. Français de Nantes
sous l'Empire, M. Pasquier sous la Restauration. Il put ainsi
se livrer paisiblement à ses travaux, sans inquiétude, sans
trop de souci de la vie matérielle, heureux, admiré, entouré
de l'affection publique, et en particulier de l'affection populaire. Un jour arriva cependant où une injuste et impolitique
défaveur vint frapper ce poëte dont le nom européen faisait
tant d'honneur à la France; il fut alors noblement recueilli
et soutenu par le prince dont Napoléon a dit : *Le duc d'Or-
léans est toujours resté national;* grand et juste esprit qui comprenait dès lors comme prince, et qui depuis a reconnu
comme roi, que la pensée est une puissance et que le talent
est une liberté.

Quand la méditation se fixe sur M. Casimir Delavigne,
quand on étudie attentivement cette heureuse nature, on est
frappé du rapport étroit et intime qui existe entre la qualité
propre de son esprit, qui était la clarté, et le principal trait
de son caractère, qui était la douceur. La douceur, en effet,

est une clarté de l'âme qui se répand sur les actions de la vie. Chez M. Delavigne, cette douceur ne s'est jamais démentie. Il était doux à toute chose, à la vie, au succès, à la souffrance; doux à ses amis, doux à ses ennemis. En butte, surtout dans ses dernières années, à de violentes critiques, à un dénigrement amer et passionné, il semblait, c'est son frère qui nous l'apprend dans une intéressante biographie, il semblait ne pas s'en douter. Sa sérénité n'en était pas altérée un instant. Il avait toujours le même calme, la même expansion, la même bienveillance, le même sourire. Le noble poëte avait cette candide ignorance de la haine qui est propre aux âmes délicates et fières. Il savait d'ailleurs que tout ce qui est bon, grand, fécond, élevé, utile, est nécessairement attaqué; et il se souvenait du proverbe arabe : *On ne jette de pierres qu'aux arbres chargés de fruits d'or.*

Tel était, Monsieur, l'homme justement admiré que vous remplacez dans cette Compagnie.

Succéder à un poëte que toute une nation regrette, quand cette nation s'appelle la France et quand ce poëte s'appelle Casimir Delavigne, c'est plus qu'un honneur qu'on accepte, c'est un engagement qu'on prend. Grave engagement envers la littérature, envers la renommée, envers le pays! Cependant, Monsieur, j'ai hâte de rassurer votre modestie. L'Académie peut le proclamer hautement, et je suis heureux de le dire en son nom, et le sentiment de tous sera ici pleinement d'accord avec elle, en vous appelant dans son sein, elle a fait un utile et excellent choix. Peu d'hommes ont donné plus de gages que vous aux lettres et aux graves labeurs de l'intelligence. Poëte, dans ce siècle où la poésie est si haute, si puissante et si féconde, entre la messénienne épique et l'élégie lyrique.

entre Casimir Delavigne qui est si noble et Lamartine qui est si grand, vous avez su dans le demi-jour découvrir un sentier qui est le vôtre et créer une élégie qui est vous-même. Vous avez donné à certains épanchements de l'âme un accent nouveau. Votre vers, presque toujours douloureux, souvent profond, va chercher tous ceux qui souffrent, quels qu'ils soient, honorés ou déchus, bons ou méchants. Pour arriver jusqu'à eux, votre pensée se voile, car vous ne voulez pas troubler l'ombre où vous allez les trouver. Vous savez, vous poëte, que ceux qui souffrent se retirent et se cachent avec je ne sais quel sentiment farouche et inquiet qui est de la honte dans les âmes tombées et de la pudeur dans les âmes pures. Vous le savez, et pour être un des leurs, vous vous enveloppez comme eux. De là, une poésie pénétrante et timide à la fois, qui touche discrètement les fibres mystérieuses du cœur. Comme biographe, vous avez, dans vos *Portraits de femmes,* mêlé le charme à l'érudition, et laissé entrevoir un moraliste qui égale parfois la délicatesse de Vauvenargues et ne rappelle jamais la cruauté de la Rochefoucauld. Comme romancier, vous avez sondé des côtés inconnus de la vie possible, et dans vos analyses patientes et neuves on sent toujours cette force secrète qui se cache dans la grâce de votre talent. Comme philosophe, vous avez confronté tous les systèmes ; comme critique, vous avez étudié toutes les littératures. Un jour vous compléterez et vous couronnerez ces derniers travaux qu'on ne peut juger aujourd'hui, parce que, dans votre esprit même, ils sont encore inachevés ; vous constaterez, du même coup d'œil, comme conclusion définitive, que, s'il y a toujours, au fond de tous les systèmes philosophiques quelque chose d'humain,

c'est-à-dire de vague et d'indécis, en même temps il y a tou-
joursdansl'art, quel que soit le siècle, quelle que soit la forme,
quelque chose de divin, c'est-à-dire de certain et d'absolu ;
de sorte que, tandis que l'étude de toutes les philosophies
mène au doute, l'étude de toutes les poésies conduit à l'enthousiasme.

Par vos recherches sur la langue, par la souplesse et la
variété de votre esprit, par la vivacité de vos idées toujours
fines, souvent fécondes, par ce mélange d'érudition et d'imagination qui fait qu'en vous le poëte ne disparaît jamais tout
à fait sous le critique et le critique ne dépouille jamais entiè-
rement le poëte, vous rappelez à l'Académie un de ses mem-
bres les plus chers et les plus regrettés, ce bon et charmant
Nodier, qui était si supérieur et si doux. Vous lui ressemblez
par le côté ingénieux, comme lui-même ressemblait à d'autres
grands esprits par le côté insouciant. Nodier nous rendait
quelque chose de la Fontaine ; vous nous rendrez quelque
chose de Nodier.

Il était impossible, Monsieur, que par la nature de
vos travaux et la pente de votre talent enclin surtout à la
curiosité biographique et littéraire, vous n'en vinssiez pas à
arrêter quelque jour vos regards sur deux groupes célèbres
de grands esprits qui donnent au dix-septième siècle ses deux
aspects les plus originaux, l'hôtel de Rambouillet et Port-
Royal. L'un a ouvert le dix-septième siècle, l'autre l'a accom-
pagné et fermé. L'un a introduit l'imagination dans la langue,
l'autre y a introduit l'austérité. Tous deux, placés pour ainsi
dire aux extrémités opposées de la pensée humaine, ont ré-
pandu une lumière diverse. Leurs influences se sont com-
battues heureusement, et combinées plus heureusement en-

core ; et dans certains chefs-d'œuvre de notre littérature,
placés en quelque sorte à égale distance de l'un et de l'autre,
dans quelques ouvrages immortels qui satisfont tout ensemble
l'esprit dans son besoin d'imagination et l'âme dans son besoin de gravité, on voit se mêler et se confondre leur double
rayonnement.

De ces deux grands faits qui caractérisent une époque
illustre, et qui ont si puissamment agi en France sur les
lettres et sur les mœurs, le premier, l'hôtel de Rambouillet,
a obtenu de vous, çà et là, quelques coups de pinceau vifs
et spirituels ; le second, Port-Royal, a éveillé et fixé votre
attention. Vous lui avez consacré un excellent livre, qui,
bien que non terminé, est sans contredit le plus important
de vos ouvrages. Vous avez bien fait, Monsieur. C'est un
digne sujet de méditation et d'étude que cette grave famille
de solitaires qui a traversé le dix-septième siècle, persécutée
et honorée, admirée et haïe, recherchée par les grands et
poursuivie par les puissants, trouvant moyen d'extraire de
sa faiblesse et de son isolement même je ne sais quelle im-
posante et inexplicable autorité, et faisant servir les gran-
deurs de l'intelligence à l'agrandissement de la foi ! Nicole,
Lancelot, Lemaistre, Sacy, Tillemont, les Arnauld, Pascal,
gloires tranquilles, noms vénérables, parmi lesquels brillent
chastement trois femmes, anges austères, qui ont dans la
sainteté cette majesté que les femmes romaines avaient dans
l'héroïsme ! Belle et savante école qui substituait, comme
maître et docteur de l'intelligence, saint Augustin à Aristote,
qui conquit la duchesse de Longueville, qui forma le président
de Harlay, qui convertit Turenne, et qui avait puisé tout

ensemble dans saint François de Sales l'extrême douceur
et dans l'abbé de St-Cyran l'extrême sévérité! A vrai dire,
et qui le sait mieux que vous, Monsieur? (car dans tout
ce que je dis en ce moment, j'ai votre livre présent à l'esprit),
l'œuvre de Port-Royal ne fut littéraire que par occasion, et
de côté, pour ainsi parler; le véritable but de ces penseurs
attristés et rigides était purement religieux. Resserrer le lien
de l'Église au dedans et à l'extérieur par plus de discipline
chez le prêtre et plus de croyance chez le fidèle; réformer
Rome en lui obéissant; faire à l'intérieur et avec amour ce
que Luther avait tenté au dehors et avec colère; créer en
France, entre le peuple souffrant et ignorant et la noblesse
voluptueuse et corrompue, une classe intermédiaire, saine,
stoïque et forte, une haute bourgeoisie intelligente et chré-
tienne; fonder une église modèle dans l'église, une nation
modèle dans la nation, telle était l'ambition secrète, tel
était le rêve profond de ces hommes qui étaient illustres
alors par la tentative religieuse et qui sont illustres aujour-
d'hui par le résultat littéraire! Et pour arriver à ce but,
pour fonder la société selon la foi, entre les vérités néces-
saires, la plus nécessaire à leurs yeux, la plus lumineuse, la
plus efficace, celle que leur démontraient le plus invincible-
ment leur croyance et leur raison, c'était l'infirmité de
l'homme prouvée par la tache originelle, la nécessité d'un
Dieu-rédempteur, la divinité du Christ. Tous leurs efforts se
tournaient de ce côté comme s'ils devinaient que là était le
péril. Ils entassaient livres sur livres, preuves sur preuves,
démonstrations sur démonstrations. Merveilleux instinct de
prescience qui n'appartient qu'aux sérieux esprits! Comment ne pas insister sur ce point! Ils bâtissaient cette grande

5

forteresse à la hâte comme s'ils pressentaient une grande
attaque. On eût dit que ces hommes du dix-septième siècle
prévoyaient les hommes du dix-huitième. On eût dit que,
penchés sur l'avenir, inquiets et attentifs, sentant à je ne
sais quel ébranlement sinistre qu'une légion inconnue était
en marche dans les ténèbres, ils entendaient de loin venir
dans l'ombre la sombre et tumultueuse armée de l'Encyclo-
pédie, et qu'au milieu de cette rumeur obscure ils distin-
guaient déjà confusément la parole triste et fatale de Jean-
Jacques et l'effrayant éclat de rire de Voltaire!

On les persécutait, mais ils y songeaient à peine. Ils
étaient plus occupés des périls de leur foi dans l'avenir que
des douleurs de leur communauté dans le présent. Ils ne de-
mandaient rien, ils ne voulaient rien, ils n'ambitionnaient rien;
ils travaillaient et ils contemplaient. Ils vivaient dans l'ombre
du monde et dans la clarté de l'esprit. Spectacle auguste et
qui émeut l'âme en frappant la pensée! Tandis que Louis XIV
domptait l'Europe, que Versailles émerveillait Paris, que la
cour applaudissait Racine, que la ville applaudissait Molière; tandis que le siècle retentissait d'un bruit de fête et de
victoire; tandis que tous les yeux admiraient le grand roi et
tous les esprits le grand règne, eux, ces rêveurs, ces solitaires,
promis à l'exil, à la captivité, à la mort obscure et lointaine,
enfermés dans un cloître dévoué à la ruine et dont la charrue
devait effacer les derniers vestiges, perdus dans un désert à
quelques pas de ce Versailles, de ce Paris, de ce grand règne,
de ce grand roi, laboureurs et penseurs, cultivant la terre,
étudiant les textes, ignorant ce que faisaient la France et
l'Europe, cherchant dans l'Écriture sainte les preuves de
la divinité de Jésus, cherchant dans la création la glo-

rification du Créateur, l'œil fixé uniquement sur Dieu, méditaient les livres sacrés et la nature éternelle, la Bible ouverte dans l'église et le soleil épanoui dans les cieux!

Leur passage n'a pas été inutile. Vous l'avez dit, Monsieur, dans le livre remarquable qu'ils vous ont inspiré; ils ont laissé leur trace dans la théologie, dans la philosophie, dans la langue, dans la littérature, et, aujourd'hui encore, Port-Royal est, pour ainsi dire, la lumière intérieure et secrète de quelques grands esprits. Leur maison a été démolie, leur champ a été ravagé, leurs tombes ont été violées; mais leur mémoire est sainte; mais leurs idées sont debout; mais des choses qu'ils ont semées, beaucoup ont germé dans les âmes, quelques-unes ont germé dans les cœurs. Pourquoi cette victoire à travers ces calamités? Pourquoi ce triomphe malgré cette persécution? Ce n'est pas seulement parce qu'ils étaient supérieurs, c'est aussi, c'est surtout parce qu'ils étaient sincères! C'est qu'ils croyaient, c'est qu'ils étaient convaincus, c'est qu'ils allaient à leur but pleins d'une volonté unique et d'une foi profonde. Après avoir lu et médité leur histoire, on serait tenté de s'écrier : — Qui que vous soyez, voulez-vous avoir de grandes idées et faire de grandes choses? croyez! ayez foi! ayez une foi religieuse, une foi patriotique, une foi littéraire. Croyez à l'humanité, au génie, à l'avenir, à vous-mêmes. Sachez d'où vous venez pour savoir où vous allez. La foi est bonne et saine à l'esprit. Il ne suffit pas de penser, il faut croire. C'est de foi et de conviction que sont faites en morale les actions saintes et en poésie les idées sublimes.

Nous ne sommes plus, Monsieur, au temps de ces grands dévouements à une pensée purement religieuse. Ce sont là de ces enthousiasmes sur lesquels Voltaire et l'ironie ont passé.

Mais, disons-le bien haut, et ayons quelque fierté de ce qui nous reste, il y a place encore dans nos âmes pour des croyances efficaces, et la flamme généreuse n'est pas éteinte en nous. Ce don, une conviction, constitue aujourd'hui comme autrefois l'identité même de l'écrivain. Le penseur, en ce siècle, peut avoir aussi sa foi sainte, sa foi utile, et croire, je le répète, à la patrie, à l'intelligence, à la poésie, à la liberté ! Le sentiment national, par exemple, n'est-il pas à lui seul toute une religion ? Telle heure peut sonner où la foi au pays, le sentiment patriotique, profondément exalté, fait tout à coup d'un jeune homme qui s'ignorait lui-même, un Tyrtée, rallie d'innombrables âmes avec le cri d'une seule, et donne à la parole d'un adolescent l'étrange puissance d'émouvoir tout un peuple.

Et à ce propos, puisque j'y suis naturellement amené par mon sujet, permettez-moi, au moment de terminer, de rappeler, après vous, Monsieur, un souvenir.

Il est une époque, une époque fatale, que n'ont pu effacer de nos mémoires quinze ans de luttes pour la liberté, quinze ans de luttes pour la civilisation, trente années d'une paix féconde ! C'est le moment où tomba celui qui était si grand que sa chute parut être la chute même de la France. La catastrophe fut décisive et complète. En un jour tout fut consommé. La Rome moderne fut livrée aux hommes du Nord comme l'avait été la Rome ancienne ; l'armée de l'Europe entra dans la capitale du monde ; les drapeaux de vingt nations flottèrent déployés au milieu des fanfares sur nos places publiques ; naguère ils venaient aussi chez nous, mais ils changeaient de maître en route. Les chevaux des Cosaques broutèrent l'herbe des Tuileries. Voilà ce que nos yeux ont vu ! Ceux d'entre nous qui étaient des hommes se souviennent de leur indignation profonde ; ceux d'entre nous qui étaient des enfants se souviennent de leur étonnement douloureux.

L'humiliation était poignante. La France courbait la tête dans le sombre silence de Niobé. Elle venait de voir tomber, à quatre journées de Paris, sur le dernier champ de batailles de l'empire, les vétérans jusque-là invincibles qui rappelaient au monde ces légions romaines qu'a glorifiées César et cette infanterie espagnole dont Bossuet a parlé. Ils étaient morts d'une mort sublime, ces vaincus héroïques, et nul n'osait prononcer leurs noms. Tout se taisait ; pas un cri de regret ; pas une parole de consolation. Il semblait qu'on eût peur du courage et qu'on eût honte de la gloire.

Tout à coup, au milieu de ce silence, une voix s'éleva, une voix inattendue, une voix inconnue, parlant à toutes les âmes avec un accent sympathique, pleine de foi pour la patrie et de religion pour les héros. Cette voix honorait les vaincus, et disait :

> Parmi des tourbillons de flamme et de fumée,
> O douleur ! quel spectacle à mes yeux vient s'offrir ?
> Le bataillon sacré, seul devant une armée,
> S'arrête pour mourir.

Cette voix relevait la France abattue, et disait :

> Malheureux de ses maux et fier de ses victoires,
> Je dépose à ses pieds ma joie et mes douleurs ;
> J'ai des chants pour toutes ses gloires,
> Des larmes pour tous ses malheurs !

Qui pourrait dire l'inexprimable effet de ces douces et

fières paroles! Ce fut dans toutes les âmes un enthousiasme électrique et puissant, dans toutes les bouches une acclamation frémissante qui saisit ces nobles strophes au passage avec je ne sais quel mélange de colère et d'amour, et qui fit en un jour d'un jeune homme inconnu un poëte national. La France redressa la tête, et à dater de ce moment, en ce pays qui fait toujours marcher de front sa grandeur militaire et sa grandeur littéraire, la renommée du poëte se rattacha dans la pensée de tous à la catastrophe même, comme pour la voiler et l'amoindrir. Disons-le, parce que c'est glorieux à dire, le lendemain du jour où la France inscrivit dans son histoire ce mot nouveau et funèbre : *Waterloo,* elle grava dans ses fastes ce nom jeune et éclatant : *Casimir Delavigne.*

Oh! que c'est là un beau souvenir pour le généreux poëte, et une gloire digne d'envie! Quel homme de génie ne donnerait sa plus belle œuvre pour cet insigne honneur d'avoir fait battre alors d'un mouvement de joie et d'orgueil le cœur de la France accablée et désespérée! Aujourd'hui que la belle âme du poëte a disparu derrière l'horizon d'où elle nous envoie encore tant de lumière, rappelons-nous avec attendrissement son aube si éblouissante et si pure! Qu'une pieuse reconnaissance s'attache à jamais à cette noble poésie qui fut une noble action! Qu'elle suive Casimir Delavigne, et qu'après avoir fait une couronne à sa vie, elle fasse une auréole à son tombeau! Envions-le, et aimons-le! Heureux le fils dont on peut dire : Il a consolé sa mère! Heureux le poëte dont on peut dire : Il a consolé la patrie!

PARIS. — TYPOGRAPHIE DE FIRMIN DIDOT FRÈRES,
IMPRIMEURS DE L'INSTITUT, RUE JACOB, N° 56.

www.ingramcontent.com/pod-product-compliance
Lightning Source LLC
LaVergne TN
LVHW020001180726
843503LV00008B/3770